De la même Autrice :

Romans grands caractères en **Police 18** :

- **Le Mas des Oliviers**, *BoD*, 2022
- **Le cadeau d'Anniversaire**, *BoD*, 2022
- **Autour d'un feu de cheminée**, *BoD*, 2022
- **En cherchant ma route**, *BoD*, 2022
- **Le hameau des fougères**, *BoD*, 2022
- **La fugue d'Émilie**, *BoD*, 2022
- **Un brin de muguet**, *BoD*, 2022
- **Le temps des cerises**, *BoD*, 2022
- **Une Plume de Colombe**, *BoD*, 2022
- **La dame au chat**, *BoD*, 2022
- **Un secret**, *BoD*, 2022
- **La conférencière**, *BoD*, 2022
- **L'étudiant**, *BoD*, 2022
- **Un week-end en chambre d'hôtes**, *BoD*, 2022
- **L'héritière**, *BoD*, 2022
- **On a changé de patron**, *BoD*, 2022
- **Un automne décisif**, *BoD*, 2022
- **Disparition volontaire**, *BoD*, 2022

***

Romans grands caractères en **Police 14** :

- **BERTILLE L'Amour n'a pas d'âge**, *BoD*, 2021
- **BERTILLE Les Candélabres en Porphyre**, *BoD*, 2020
- **BERTILLE, Les lilas ont fleuri**, roman, *BoD*, 2019

(d'autres parutions à venir... voir le site de l'autrice)

Romans et livres **Police 12** :

- **La Douceur de vivre en Roannais,** roman, *BoD, 2018*
- **Une plume de Colombe,** nouvelles, *BoD, 2017*
- **New York, en souvenir d'Émile,** roman, *BoD, 2017*
- **Croisière sur le Queen Mary II,** roman *BoD, 2016*
- **La Villa aux Oiseaux,** roman, *BoD, 2015*
- **La Retraite Spirituelle,** roman, *BoD, 2015*
- **Recueil de (Bonnes) Nouvelles,** *BoD, 2014*

***

Aventures Jeunesse (9-14 ans) :

- **Farid, la Trilogie,** *BoD, 2014*
- **Farid et le mystère des falaises de Cassis,** *BoD, 2009*
- **Farid au Canada,** *BoD, 2009*
- **Farid et les secrets de l'Auvergne,** *BoD, 2009*

***

Thriller religieux :
- **In manus tuas Domine...,** *BoD, 2009*

Site de l'auteur : www.isabelledesbenoit.fr

© Isabelle Desbenoit, 2022
Édition : BoD – Books on Demand, info@bod.fr
Impression : BoD – Books on Demand, In de Tarpen 42, Norderstedt (Allemagne)
Impression à la demande
ISBN : 978-2-3224-2621-8
Dépôt légal : mai 2022
Tous droits réservés pour tous pays

LE TEMPS DES CERISES

Isabelle Desbenoit

Comme chaque année à cette époque, c'était le branle-bas de combat chez les Delongère. Dans la grande maison de maître, la famille presque au grand complet débarquait une semaine entière en vue de la cueillette des cerises. Les grands vergers appartenant à la famille étaient maintenant exploités par un des fils de Geneviève et Henri, les propriétaires du domaine. C'était Jean qui avait repris l'exploitation des arbres fruitiers. Pendant la saison, il commercialisait sa récolte en fruits frais, bien sûr, mais aussi en nombreux produits transformés qu'il vendait toute l'année : confitures et autres gelées, pâtes de fruits et alcools forts.

Chaque année, les frères et sœurs, cousins et cousines venaient aider à la récolte des cerises. Cette grande réunion familiale était une institution. Pour rien au monde les descendants des Delongère n'auraient raté ce temps fait de labeur mais aussi de rires, de chansons, de retrouvailles et de mille conversations. Tous posaient des vacances pour ce que l'on appelait « le temps des cerises », en référence à la célèbre chanson.

— Sophie, tu as mis les draps dans les dortoirs des célibataires ? demanda Geneviève à sa fille qui était venue l'aider deux jours avant l'arrivée de tous.

— Oui, j'ai fait les lits dans le dortoir des filles et pour celui des garçons, je finirai cet après-midi expliqua calmement sa fille.

Sophie avait la quarantaine, des yeux d'un bleu très clair et possédait une gentillesse à toute épreuve. Les combles avaient été aménagés. Des lits en beau bois clair permettaient aux jeunes de la famille d'y loger agréablement en ayant la joie de se retrouver tous ensemble.

— Les chambres des étages sont prêtes aussi ? interrogea Geneviève, qui avec ses soixante-douze printemps, se sentait un peu anxieuse.

Elle souhaitait tellement que tout fût impeccable et accueillant pour dimanche. Dans chaque chambre, un bouquet de fleurs des champs ramassées à grandes brassées serait disposé avec une corbeille de fruits. Très heureuse de recevoir ses enfants et petits-enfants, Geneviève désirait que, comme chaque année, tous repartent ravis de l'accueil et se trouvent parfaitement à l'aise lors de leur séjour.

— Oui, toutes les chambres des couples ont été faites, ne t'inquiète pas. Avec Christine, nous irons faire les courses demain matin, tu n'as plus à t'occuper de rien. La liste des repas de la semaine est prête, ceux des pique-niques chaque midi également, acheva Sophie.

Pour Geneviève, la seule ombre au tableau était la santé d'Henri, son époux. Depuis un an maintenant, il souffrait d'une maladie dégénérative et se déplaçait avec lenteur. Il y a deux ans encore, il prenait une part très active dans la cueillette en conduisant notamment le tracteur qui rapportait les caisses de cerises à l'unité de transformation installée dans une des dépendances du domaine. Henri qui jadis avait un caractère assez gai devenait, avec la maladie, taciturne et triste.

— Geneviève, déclara ce dernier au dîner qui suivit, je pense que j'irai quand même dans les vergers cette semaine, je m'installerai à l'ombre sur une chaise de jardin et je pourrai ainsi aider à surveiller les petits et...

— Non, Henri, tu sais bien que le médecin t'interdit de sortir en pleine chaleur l'été ! Tu resteras bien au frais ici et tu nous reverras le soir. Toute l'agitation qui régnera là-bas ne fera que te fatiguer, tu as besoin de calme et de repos, tu le sais bien, répondit Geneviève sur un ton ferme.

Henri se tassa un peu sur sa chaise et ne dit rien, il repoussa son assiette. Il ne goûterait pas à l'entremets laitier que lui avait préparé Christine, l'employée de maison. Il n'avait plus faim… La perspective de rester seul dans la vaste demeure alors que tous cueilleraient joyeusement les cerises lui brisait le cœur. Une immense tristesse lui monta aux yeux et il préféra se lever et monter dans sa chambre plutôt que de laisser paraître les larmes de déception qui lui coulaient sur les joues. Geneviève et Sophie finirent leur repas en silence. Qu'il était douloureux de voir souffrir un proche ! Mais que pouvaient-elles faire, à part lui rappeler que sa cruelle maladie ne lui permettait plus d'assurer la moindre tâche dans les vergers ?

— Je monte me coucher, dit Sophie, alors que la pendule sonnait vingt-deux heures. Tu veux un verre de lait tiède avec de la fleur d'oranger, Maman ?

demanda-t-elle en fermant le livre qu'elle lisait depuis un quart d'heure et dont les lignes se brouillaient, tellement elle avait sommeil.

— Oui, je veux bien, merci Sophie, acquiesça Geneviève. Moi aussi je vais aller me coucher, la journée a été éreintante. Après-demain, nous aurons ici quarante personnes en comptant les petits, il nous faut prendre des forces.

Le dimanche des retrouvailles arriva vite. Certains venaient en train, d'autres en voiture, les arrivées s'échelonnèrent toute la journée et vers vingt heures tout le monde était là. Les grands-parents furent vite assaillis par les petits-enfants.

— Mamie, tu n'as pas vu mon filet à papillons ? demandait Thomas, six ans, qui reprenait vite ses repères de l'an passé.

— Mamie, je peux te montrer la robe que j'ai fabriquée de A à Z au lycée ? renchérissait Mathilde, seize ans, tout heureuse de montrer ses nouveaux talents de couturière à sa grand-mère. Tu sais, je pourrai prendre couture en option pour le bac et cela me fera des points en plus.

— Papi, tu me lis une histoire, tu sais celle du canard qui

s'était perdu ? interrogea Élise, la petite dernière de la famille du haut de ses quatre ans et demi, en lui apportant le livre qu'elle avait sorti de son petit sac à dos.

Qu'il était bon de voir toute la famille réunie ! Papi, qui lisait maintenant consciencieusement l'histoire du canard perdu avec Élise assise sur ses genoux, rayonnait de bonheur et en oubliait complètement sa maladie et ses douleurs.

Le lendemain, après une bonne nuit de sommeil, tous prirent le petit-déjeuner dans la cuisine où deux grandes tables en chêne et des bancs accueillaient tous ceux qui arrivaient, soit encore ensommeillés, soit déjà pétillants de vie, selon les tempéraments. La cueillette allait commencer non sans que Jean, l'exploitant du verger, ait donné ses instructions, comme chaque année. Il ne fallait surtout pas casser les branches, garder les grosses cerises pas trop mûres et bien charnues pour la vente directe de fruits frais et mettre les autres dans des cageots pour l'unité de transformation.

    Henri resta bientôt seul dans l'immense demeure et se mit à

déprimer sérieusement. Christine, l'employée de maison, qui déjeunait avec lui le midi, essaya bien de le dérider mais n'y parvint pas. Geneviève passait la journée dans les vergers, assez éloignés de la maison. C'est la raison pour laquelle tous pique-niquaient à midi sur place et ne reviendraient que le soir.

Au dîner, quand tous furent de nouveau près de lui, Henri ne put se détendre, songeant à l'immense journée du lendemain qu'il passerait encore seul à attendre... Il dormit très mal cette nuit-là et réfléchit beaucoup. Il se sentait tellement mis à part, sa femme, accaparée par les uns et les autres, ne lui demandait même plus s'il allait bien, comment il se sentait alors qu'elle le faisait d'habitude... Les rires de tous ne le concernaient plus puisqu'il ne partageait rien, on se contentait de lui demander s'il voulait du potage et s'il n'était pas trop fatigué.

Le deuxième jour de cueillette se passa comme le premier dans la bonne humeur pour tous. Dans les vergers, il faisait un temps magnifique. Henri déjeuna avec Christine, elle le trouva un peu mieux et elle partit vers quatorze heures, à la fin de son service. Ce n'est donc que vers dix-huit heures, alors que tous revenaient des vergers que l'on s'aperçut que Monsieur Delongère n'était plus là. D'abord personne ne s'inquiéta puisque la maison était grande mais, quand la cloche du dîner retentit et qu'Henri ne parut pas, Geneviève demanda à Antoine, vingt-neuf ans, l'aîné de ses petits-enfants, d'aller chercher son grand-père dans sa chambre. Il s'était sûrement assoupi ou bien il regardait la télévision en ayant mis le volume un peu fort et il n'aurait pas entendu la cloche.

— Mamie, Papi n'est pas dans sa chambre, assura Antoine en revenant essoufflé, je suis allé voir dans les salles de bains de l'étage et dans les autres pièces, il n'y était pas non plus.

— Mais où est-il alors ? se demanda Geneviève soudain inquiète, il ne faudrait pas qu'il ait eu un malaise...

— Nous allons le retrouver, ne t'inquiète pas Mamie, assura Julien, le frère d'Antoine qui se leva. Il fut imité par la majorité des petits-enfants adolescents ou jeunes adultes. Ils s'éparpillèrent en courant dans toute la maison à la recherche de leur grand-père.

Antoine prit les choses en main et distribua les tâches. Les étages pour Camille, Julien et Rose. Le rez-de-chaussée pour Élodie et Damien et lui se chargerait des caves et des dépendances avec son cousin Guillaume. Les enfants, quant à eux, restèrent à table, pour que Geneviève ne se sente pas seule et pour la rassurer ; Papi allait revenir d'un instant à l'autre. Mais quand, les uns après les autres, les petits-enfants revinrent en déclarant qu'ils ne l'avaient pas trouvé. On commença vraiment à s'inquiéter.

Tous se remirent à chercher, on parcourut les couloirs, on ouvrit les penderies et les grands placards, on se pencha sous chaque lit. Le jardin fut également inspecté mais il fallut se rendre à l'évidence : Papi avait bel et bien disparu. Essayant de garder son sang-froid, Madame Delongère prit le téléphone :

— Allô, c'est vous Christine ? Vous n'avez pas emmené mon mari chez vous, ce serait étonnant, questionna Geneviève, non ? Comment était-il à midi ?

— Il était plutôt mieux qu'hier, il m'a même fait un peu la

conversation, répondit Christine.

— Il ne vous a pas dit qu'il allait quelque part ? insista sa patronne.

— Non, absolument pas, il s'est retiré dans sa chambre pour faire la sieste, comme d'habitude, expliqua Christine. Je suis bien désolée, voulez-vous que je vienne ? suggéra l'employée qui s'inquiétait aussi.

— Non, merci Christine, c'est gentil mais ce n'est pas nécessaire, mes enfants et petits-enfants sont là, nous vous tiendrons au courant, à bientôt, dit Geneviève en raccrochant.

Sophie appela tous les hôpitaux à tout hasard mais son père n'y avait visiblement pas été admis. Puis, elle se résolut à appeler la gendarmerie tandis que trois voitures s'éparpillaient dans les chemins et les petites routes tout autour du domaine. Les amis du couple furent également contactés par Geneviève, Henri n'était chez aucun d'entre eux... La nuit noire interrompit les recherches, il fallait se résoudre à attendre les lumières de l'aube pour continuer à chercher grand-père. Les gendarmes promirent de faire décoller un hélicoptère dans la matinée. Seuls les petits dormirent, pour les grands, certains somnolèrent et beaucoup ne purent pas trouver le sommeil du tout.

Geneviève se retrouvait dans son lit, sans son mari à ses côtés, elle se sentait perdue et réfléchissait désespérément. Où était Henri ? N'avait-elle pas été trop dure avec lui en le laissant tout seul dans la maison alors qu'il déprimait ? N'avait-elle pas pensé à elle d'abord en participant à la cueillette, en profitant de ses enfants et petits-enfants alors que son mari restait seul à la maison ? Pourtant, elle n'avait songé qu'à sa santé, le médecin avait dit : pas de soleil, du repos... Geneviève devenait folle d'inquiétude, elle se leva, ne pouvant rester allongée dans ce lit devenu si vide. Elle passa le restant de la nuit dans un fauteuil, enroulée dans une couverture, pleurant toutes les larmes de son corps. S'il était arrivé quelque chose à Henri, elle ne s'en remettrait pas, c'était de sa faute, elle aurait dû rester avec lui...

Geneviève vit défiler dans sa mémoire sa vie avec Henri. Leur rencontre lors du mariage de sa cousine Lisbeth. Il était alors son cavalier. Il avait vingt-deux ans et elle dix-huit. Tout de suite, elle avait eu un coup de foudre pour ce bel homme au regard clair et franc. Comme il était beau dans son habit noir bien ajusté avec son chapeau claque. Geneviève se souvenait encore de sa fierté et de son bonheur d'être appuyée à son bras. Et puis, il y avait eu la première valse, la deuxième... Et finalement, ils avaient dansé ensemble durant toute la soirée. La semaine d'après, Henri était venu demander à ses parents s'il pouvait fréquenter leur fille. Les fiançailles avaient été vite arrangées, les familles étant du même milieu social, tout cela avait été facile. Il y avait eu le voyage de noces, en Bretagne, la première année d'insouciance et de grand bonheur avec un mari prévenant et gentil. La naissance de Jean l'année d'après, puis les autres, assez rapprochées. Ensemble, ils avaient traversé les joies comme les peines. La méningite de Sophie, qu'ils avaient failli perdre à l'âge de dix ans. Les adolescences difficiles pour certains de leurs enfants, les études et les soucis d'argent et puis les premiers mariages et les petits-enfants…

Geneviève revoyait à chaque étape combien son mari avait été présent, combien il avait cherché à rendre heureuse sa famille et sa femme. Délaissant les mauvais jours, Geneviève se repassait en mémoire les jours heureux, elle trouvait toutes les qualités à son mari comme au temps de leur lune de miel.

Sophie, elle aussi, ne dormait pas. Très inquiète et triste, elle réfléchissait intensément. C'était elle qui était la plus proche de son père, elle le connaissait bien. Il est vrai que ces temps derniers, son caractère avait beaucoup changé avec la maladie. Cette tristesse et ses bouffées d'agressivité, ce n'était pas son papa d'avant, toujours calme et souriant. Sophie se reprochait, elle aussi, de ne pas être restée près de son père durant la journée. Avait-il fait une fugue ? Mais où était-il allé alors ? Il ne pouvait pas aller bien loin avec sa difficulté à se déplacer... Avait-il été enlevé ? Mais dans quel but ? Et personne ne s'était manifesté. La disparition semblait vraiment incompréhensible.

Sophie sentit les larmes lui monter aux yeux en pensant au pire, mais elle repoussa de toutes ses forces cette éventualité et se mit à prier. Oui, c'était certain, demain, on allait le retrouver, il le fallait absolument. Sophie pensa que sa maman ne se remettrait pas si on ne le retrouvait pas, il FALLAIT le retrouver.

Dès les premières lueurs de l'aube, les recherches reprirent de plus belle. Certains durent rester à la maison pour s'occuper des petits, il le fallait bien. Élise, la plus petite, s'était levée avec un désir qui confinait à l'obsession.

— Maman, maman ! Je veux aller donner du pain sec à Tricotin, répétait-elle en boucle.

Mais sa mère n'avait pas du tout le cœur à aller voir l'âne Tricotin dans son pré, à l'autre bout du domaine. Élise frisait le caprice, elle se faisait tour à tour suppliante, rageuse, et sa maman finit par se fâcher pour la faire taire.

Une heure plus tard, Élise qui jouait avec sa poupée, assise sur le grand tapis du salon, revint à la charge.

— Maman, s'il te plaît, emmène-moi donner du pain sec à Tricotin, demanda-t-elle en plantant ses beaux yeux verts dans ceux de sa maman installée sur un plaid à côté d'elle.

Laurence fut touchée par le regard de sa fille chérie et ne résista pas. Après tout, ce n'était pas parce que Papi avait disparu que sa petite-fille n'avait pas le droit de vivre et de sortir un peu.

— Allez, on y va Élise, après tout, une petite promenade te fera du bien, il fait si beau.

— Merci Maman chérie, je t'aime très fort, affirma l'enfant en mettant ses petits bras autour du cou de sa mère et en l'embrassant.

Laurence, malgré la tristesse que la disparition de son père lui causait, sentit une grande joie monter dans son cœur. Le bonheur de sa fille semblait si complet à cet instant ! C'était comme si elle le transmettait à sa mère. Après avoir rempli un sac en plastique avec le pain rassis de la veille, Laurence prit la petite par la main et toutes deux se dirigèrent vers le pré de Tricotin. Il fallut bien une demi-heure car Élise ne marchait pas très vite. Le pré de l'animal se situait au fond d'un vallon et le sentier pour y accéder était très caillouteux.

— Maman, tu sais, babillait Élise, on demandera à Tricotin s'il a vu Papi passer, peut-être que oui, dis Maman ?

— Tu sais, les animaux ne parlent pas ma chérie, même si Tricotin a vu Papi, il ne pourra pas nous le dire, répondit tristement sa mère.

— Alors moi, je lui dirai de faire « Hi-han, hi-han » pour me dire s'il l'a vu passer, expliqua Élise qui n'en démordait pas.

Tricotin sortit de sa cabane dès qu'il entendit le bruit des pas et vint à leur rencontre avec empressement. L'âne avait bien compris que la délicieuse friandise du pain sec allait lui être servie. Élise, appliquée, prit délicatement un morceau de pain et le posa juste sous le fil de fer barbelé.

— Tiens mon Tricotin, c'est bon tu sais, expliqua-t-elle.

C'est alors que contrairement à son habitude de dévorer avec appétit le pain, l'âne à la belle robe grise, le prit dans ses babines et faisant demi-tour se dirigea vers la cabane.

— Tricotin, hurla la petite, reviens ! J'ai encore du pain ! Et échappant à la surveillance de sa mère, elle se glissa sous le fil de fer barbelé et courut derrière l'âne.

— Élise, reviens ici ! Je t'ai toujours dit que tu ne devais pas aller toute seule dans le pré ! gronda sa mère.

Mais la petite, trop absorbée par sa tâche, un bout de pain à la main, continuait de courir.

Laurence se demanda si elle devait attendre derrière la barrière ou rejoindre sa fille, elle décida d'attendre un petit peu.

Élise rentra dans la cabane et Laurence entendit la petite crier :

— Papi, Papi, pourquoi tu t'es couché avec Tricotin ? Tout le monde te cherche ! Maman, Papi est là ! cria-t-elle plus fort.

Le sang de Laurence ne fit qu'un tour, elle se précipita pour franchir les fils de fer barbelés et fit un énorme accroc à son chemisier bleu turquoise. Elle courut de toutes ses forces et arriva bien vite dans la cabane. Son père était là, couché dans le foin, enroulé dans une vieille couverture. La petite Élise entourait de ses bras le cou de son papi et lui parlait à l'oreille. Le morceau de pain sec avait été déposé par Tricotin à côté de lui et l'âne restait tout près. Henri semblait très faible mais souriait faiblement.

— Papa, ça va ? C'est moi, Laurence, comment te sens-tu ? demanda Laurence en se s'agenouillant à ses côtés.

— Ça va, ça va... déclara-t-il

d'une voix faible.

— Ne t'inquiète pas, on va s'occuper de toi, ne bouge pas surtout, demanda Laurence qui sortit son portable de sa poche. Malheureusement, au fond de ce vallon, les ondes ne passaient pas.

— Écoute-moi bien Élise, expliqua-t-elle à sa fille, tu vas rester près de papi et surtout tu ne le quittes pas, moi je vais remonter un peu sur le sentier pour pouvoir appeler du secours, tu as bien compris ?

— Oui Maman, t'inquiète pas, je garde papi, répondit l'enfant d'un petit air sérieux en se serrant plus fort contre son papi.

Laurence courut et retraversa les barbelés le plus vite qu'elle put, remontant le sentier elle s'arrêta un peu plus haut mais il n'y avait encore aucun signal. Elle dut suivre une bonne partie du chemin et vit enfin une barre en haut à droite de l'écran de son portable : c'est bon, elle pouvait téléphoner. Elle avait tellement hâte de rassurer sa mère surtout ! Son premier appel fut donc pour le portable de Madame Delongère qui décrocha immédiatement.

— Allô oui ? fit-elle d'une voix anxieuse.

— Maman ? Écoute, c'est moi

Laurence, ne t'inquiète pas, on a retrouvé Papi avec Élise, il va bien, il se trouve dans la cabane de Tricotin, expliqua Laurence dans un souffle.

— Oh ! merci mon Dieu ! s'exclama Geneviève, comment va-t-il ?

— Il semble très fatigué mais sinon, je pense qu'on peut le transporter à la maison. Dis aux garçons de venir avec le quad et aussi d'apporter les médicaments qu'il aurait dû prendre ce matin, avec de l'eau et quelques biscuits. Ils le ramèneront et toi, pendant ce temps, appelle son médecin et préviens tout le monde, demanda

Laurence qui avait eu le temps de penser à tout cela en courant.

— D'accord, à tout de suite, on arrive, assura Geneviève dont le cœur venait d'être délesté d'un poids énorme.

Tandis que Laurence se dépêchait de retourner auprès de son père pour attendre, les secours s'organisèrent rapidement et furent là en un temps record. Jean, solide gaillard, saisit son père dans ses bras et le déposa avec douceur sur le siège arrière du quad. Le vieil homme prit alors son médicament avec un grand verre d'eau fraîche et deux biscuits. Il avait si soif ! Papi semblait heureux d'avoir été retrouvé, il se laissait faire et obéissait à tout ce qu'on lui demandait. La petite Élise, rayonnante, en avait oublié Tricotin et refusait de quitter son Papi. Jean l'installa sur les genoux de son grand-père, qui lui non plus, ne semblait pas vouloir se séparer de la petite-fille. Jean conduisait très lentement, de manière à amortir au maximum les cahots du chemin. Il arrêta son engin sur la grande allée car sa mère venait à leur rencontre.

— Henri, Henri, pourquoi as-tu fait cela ? Je te promets, je ne te laisserai plus jamais, dit-elle pleurant et embrassant son mari.

— Je me sentais trop seul, tu comprends ? expliqua Henri à l'oreille de sa femme. Pardon ma chérie, tu as dû avoir tellement peur... murmura le vieil homme qui se rendait maintenant pleinement compte de son acte.

— Pardon, pardon ma chérie, répéta-t-il en la serrant de toutes les forces qui lui restaient.

— Ne t'inquiète pas mon Henri, tout est fini, on va reprendre notre vie ensemble et je t'assure, que maladie ou pas, nous serons encore heureux, je te le promets, répondit Geneviève qui continuait à pleurer, mais cette fois-ci de soulagement.

Les cerises furent oubliées pour quelques heures, les garçons déposèrent Henri dans son lit. Le médecin l'examina mais ne trouva rien de particulier à part la fatigue occasionnée par cette fugue. Il mangea ensuite de bon appétit. Tous se tenaient réunis dans la chambre, c'était à qui serait le plus près du lit où Geneviève et les petits étaient assis à ses côtés.

— N'empêche que sans Élise et sans Tricotin, Papi serait encore dans sa cabane, s'émerveillait Geneviève, la Providence veille et elle a tout conduit pour nous permettre de te retrouver, mon chéri...

— Oui, c'est certain que les événements se sont vraiment bien déroulés et il ne faut jamais plus dire qu'un âne est bête maintenant, renchérit sa petite-fille Rose. Sans lui, Laurence et Élise n'auraient peut-être pas trouvé grand-père !

Henri, fatigué, semblait heureux et apaisé. Après une heure et demie de retrouvailles joyeuses, il demanda à se reposer un peu. Tous reprirent le chemin des vergers, la joie au cœur tandis que Geneviève le regardait dormir en serrant bien fort sa main dans la sienne. Cette année, le temps des cerises aurait le goût d'un nouveau départ... Geneviève se l'était bien promis.

Vous avez aimé ce roman ?
Vous aimerez...